SAFETY FIRST!
용감한 소방차
레이

우주소방대 레이

크고 작은 별들이 반짝이는
거대한 우주 한가운데를
두 대의 우주선이
무시무시한 속력으로
날고 있어요.

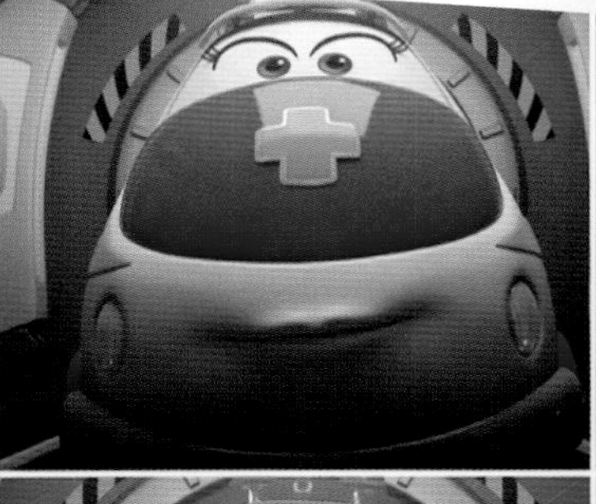

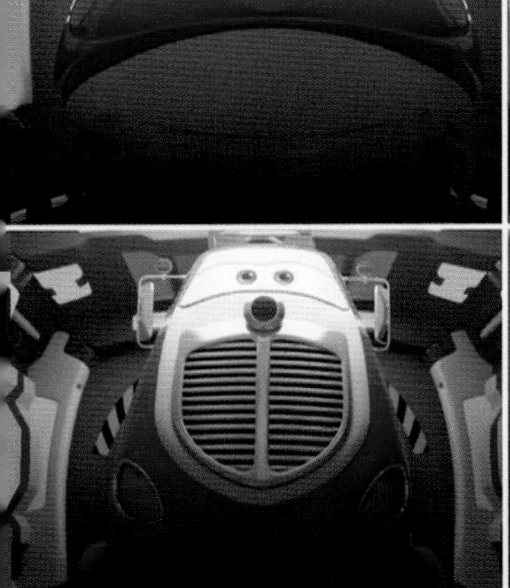

슈웅~
엄청난 굉음과 함께 방향을 틀은
악당들의 우주선이
지구를 향해 쏜살같이 날아가요.

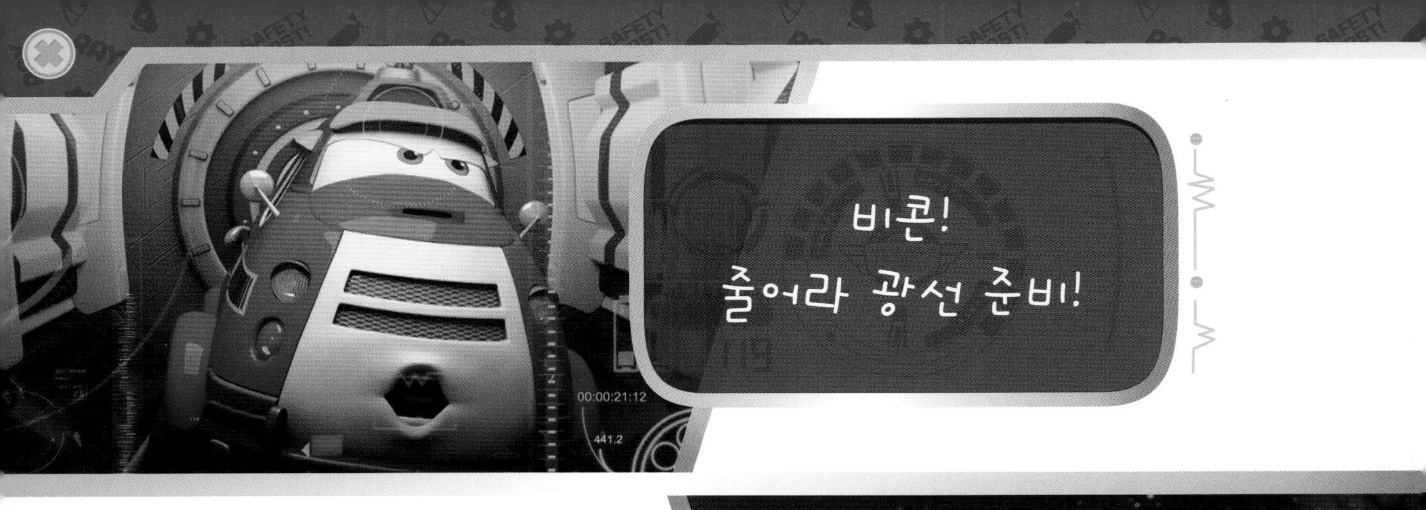

알았어. 대장!

조명등을 높이 세운 비콘이
악당들의 우주선을 겨냥해요.

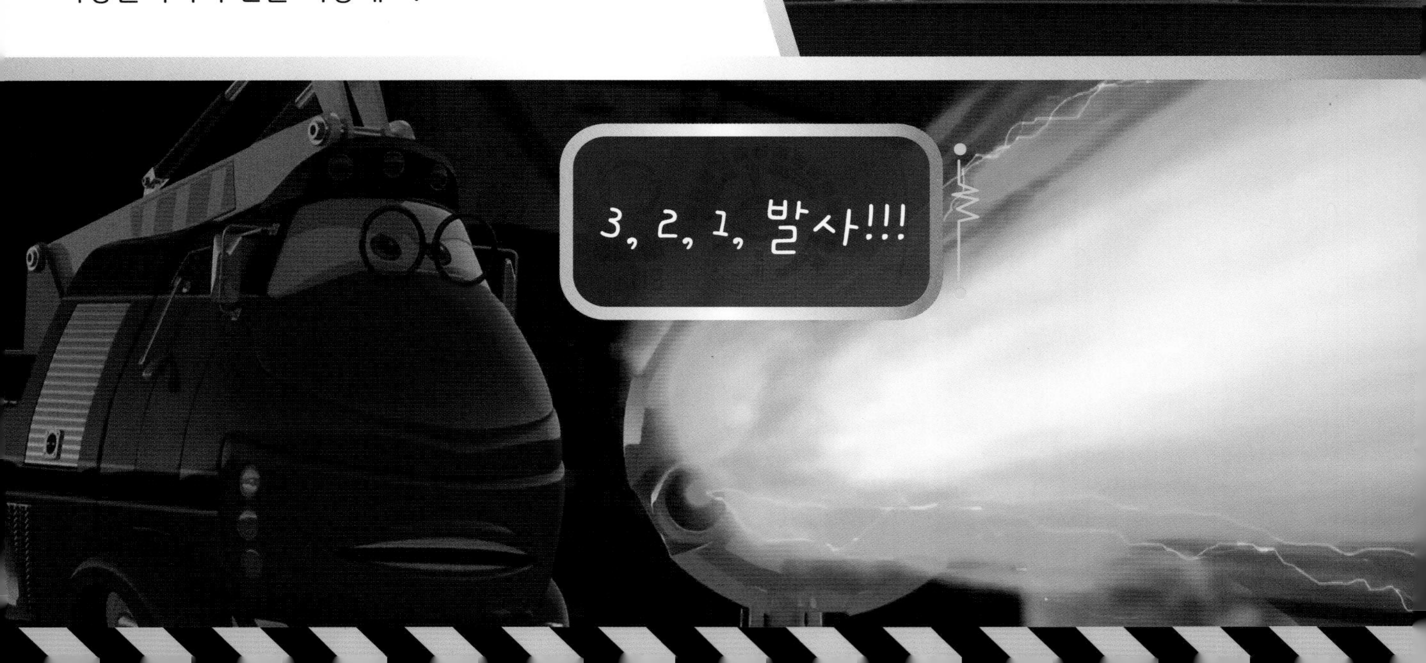

비콘이 쏜 푸른색 광선이
악당들의 우주선을 강타해요.
비명소리와 함께 악당들의 우주선이
깜깜한 우주 속으로 사라져요.
비콘이 무언가 발사했어. 피해!
으아악! 맞았다!
이게 뭐야!
작아지고 있어!
으아아악~!!

좋았어. 명중이야!
수고했어. 비콘!
그런데... 갑자기
우주선이 심하게 흔들려요.
펌프가 다급하게 외쳐요.
큰일 났어. 대장!
별들에 부딪친 광선이
우리에게 되돌아오고 있어!
뭐라고?!

쾅! 쾅!

으아아아아아!!

다들 괜찮아?

헬릭스와 래드가
안 보여.
펌프, 헤이즐도 없어!

충격으로 우주선의 일부가 떨어져 나가고 대원들도 흩어졌어요.
줄어라 광선까지 맞고 점점 작아지면서도
레이의 우주선은 악당들을 쫓아
깜깜한 우주 속을 빠르게 날아가요.
대장, 파이탄이 지구로 떨어지고 있어.
00:00:22:07
458.5
458.536

악당들의 우주선과
악당들을 쫓는 레이의 우주선이 지구를 향해 날아요.
지구가 점점 크고 가깝게 보여요.
우주선들은 빛처럼 빠르게 날며 단숨에 지구 속으로 슈우웅~ 들어가요.

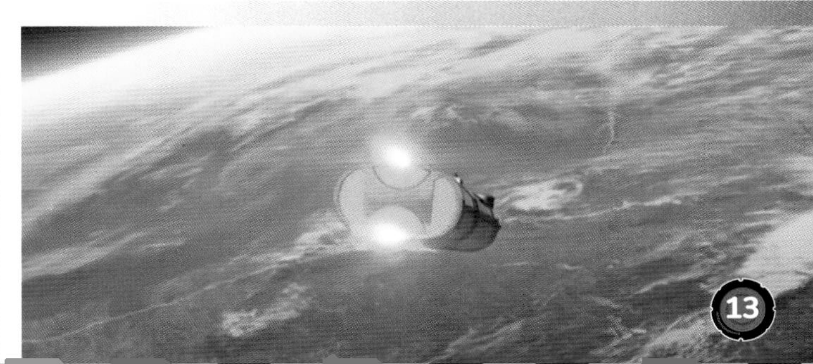

파란 지붕과 하얀 울타리가 예쁜
준이네 집이에요. 유치원 가방을 멘
준이가 마당을 지나 현관으로 들어가요.

마치 천둥 치는 것처럼 하늘 꼭대기가
우르릉거리더니 알 수 없는 물체가
슝~ 떨어져 마당에 쾅~ 박혀요.

충격으로 생긴 구덩이 안에서
악당들이 빼꼼 고개를 내밀어요.

근데 저건 뭐지?
레이다!
반짝이는 불빛 하나가 엄청난 속도로 내려와요.
쾅! 흙먼지 구름이 피어오르더니
레이와 대원들이 짜잔~ 모습을 드러내요.

우여곡절 끝에 지구에
첫발을 내디딘
레이 대장, 앰비, 비콘이
위풍당당하게 외쳐요.

악당들이 약을 올리면서
부리나케 달아나요.
부릉부릉~ 플래퍼를 탄 악당들의 뒤를
레이 대장, 앰비, 비콘이 바짝 쫓아요.

거기 서!
파이탄!

비콘이 악당들을
기다리고 있다가 딱 가로막아요.
하지만 악당들은 비콘을
폴짝~ 뛰어넘어
집 안으로 쏙 들어가요.

히히히~
날 잡겠다고?
메~롱~!
으악!
크헤헤~

준이가 소파에 앉아서
동화책을 보고 있어요.

거실에 이어 부엌에서도
추격전이 펼쳐져요.
하지만 이번에도 악당들은
대원들을 따돌리고
신나게 웃어대요.

메롱~ 약 오르지?

플래퍼를 탄 악당들이 2층으로 성큼성큼 올라가요.
놓칠세라 쌩~ 뒤쫓아온 소방차 대원들이
아찔하게 높은 계단 앞에서 그만 끼익~ 멈춰요.
대장 이제 어쩌지?
어쩐다... 아! 저 책을 이용하면 되겠네!
역시 대장다운 생각이야!

애앵애앵~
이얍...!
레이 대장, 앰비, 비콘이
바닥에 놓인 책을 발판 삼아
슝~ 점프하더니 2층 난간을 타고
전속력으로 달려요.
먼저 갈게!
슝~

파이탄이 붕~ 날아오는
앰비를 향해 불꽃을 발사하자
뒤따르던 레이 대장이 몸을 날려
앰비를 밀어내요.

비콘이 파이탄을 막아서요.
놀라 뒷걸음질 치는 파이탄을
레이 대장과 앰비가 또 막아서요.
비켜!
어서 비키란 말이야!
그건 안돼!
너 때문에 우리가
얼마나 고생했는데!

포위망이 더 좁혀오자
겁먹은 파이탄이 덜덜 떨어요.

바로 그때예요.
개스톤과 스파키가
커다란 장난감 상자를 들고 와
와르르 쏟아버려요.

소방차 대원들이 쏟아진 장난감에
정신이 팔린 사이 개스톤이 잽싸게
파이탄을 데리고 쌩~ 도망쳐요.

미나가 부르는 소리에 준이가 달려와요.
그런데 거실이 어질러진
장난감으로 엉망진창이에요.
오빠!
미나가 벌써
일어났나?
미끄덩~
미나야 위험해!
엄마야!

비콘의 줄어라 광선을 맞은
준이와 미나가 공중에서 점점 작아져요.
이번엔 앰비가 활약할 차례예요.

장난감 크기만큼
몸집이 작아진 준이와 미나가
앰비가 펼쳐놓은 에어매트 위로
안전하게 떨어져요.

주위의 모든 것들이 커졌어요.
손에 쥐고 놀던 장난감 자동차가
타고 다니는 진짜 자동차 같아요.

준이와 미나가 살금살금 걸으며
주위를 조심조심 살펴요.

레이 대장과 비콘, 앰비가 슬금슬금 따라가요.
갑자기 미나가 홱 뒤돌아보며 말해요.

준이와 미나도,
레이소방대도 모두 놀랐어요.

바로 그때,
엄마가 부르는 소리가 들려요.
들키면 큰일이라는 생각에
레이 대장이 다급하게 부탁해요.

계단 아래 다락방이에요.
작지만 아늑한 공간이에요.
레이 대장과 비콘과 앰비,
준이와 미나가 함께 있어요.
머리 위로 엄마의 발소리가
콩콩 들려요.

이쪽은 우리 대원인
비콘과 앰비야.
내 이름은 지구인이
아니라 준이야!
나는 미나
안녕!
반가워!

우린 우주 소방대원이야.
수많은 별을 파괴한
우주 최고의 악당을
쫓아 지구에
오게 됐지.

펑---!
쫓기던 악당들은
줄어라 광선을 맞고
몸이 작아졌어. 그래서
크게 위험하진
않아.
으아아~~

그런데 우리도 실수로
줄어라 광선을 맞는
바람에 이렇게
작아져버렸어.
다른 대원들과도
헤어지게 됐고.
그래서 지구로
오게 된 거야.

비콘이 조명등을 높이 세워요.

그리고 윙윙~ 커져라 광선을 발사해요.

계단 아래 다락방의 문틈으로
신비로운 빛이 새어 나와요.

★ ★

딸깍~ 다락방 문이 열리고
평소와 다름없는 모습의
준이와 미나가 나와요.

미나가 잔뜩 신나서 물어요.
열린 문틈으로 쪼르르 배웅 나온
레이 대장과 앰비, 비콘이
미나와 준이를 보며 활짝 웃어요.

카메라 안쪽에 있는 아무도 모르는 비밀방이에요.
파이탄이 만족스러운 표정으로 방 안을 둘러봐요.
나쁘진 않군! 여길 본부로 쓰자!
이히히~
여기서 뭘 할 건데?
배고파!
지구를 파괴하는 거야.
이 집을 기지로 삼으려면 먼저 이 집에 사는 지구인들을 모두 쫓아내는 것부터 시작해야겠지?
우헤헤헤헤~

레이의 안전교실

장난감을 갖고 논 다음엔 꼭 제자리에 정리해요!

물건을 어질러놓으면 발이 걸리거나
미끄러져 넘어질 수 있어요.

용감한 소방차
레이

어엉?
으아악!
공처럼 둥근 물건은
더욱 그렇겠지요?
장난감을 갖고 논 다음엔
꼭 제자리에 정리해요.
미끄러져 다치면 큰일이니까요!
데구르르
SAFETY FIRST!

BEACON 비콘

조명차
어둠을 밝혀주고
빛을 만드는 소방차

주변을 잘 살펴봐. 모든 사고는 아주 작은 것에서 시작하니까.

풍부한 지식과 추리력을 갖춘 비상한 두뇌의 대원.
어두운 밤에 구조 활동을 할 때 빛을 밝혀주는 역할을 한다.
<줄어라 광선>과 <커져라 광선>을 사용해
사람이나 사물을 작아지거나 커지게 만든다.

BEACON THE BRAVE FIRE TRUCK

상냥함

안녕! 나는 조명차 대원 비콘이야.
<줄어라 광선>과 <커져라 광선>을 발사해서 악당들을 물리쳐. 하지만 내가 맡은 정말 중요한 임무는 깜깜한 밤에도 우리 대원들이 구조 활동을 잘 할 수 있게 환한 빛을 밝혀주는 거야.

용감한 소방차 레이 소방차 대원들

레이

안녕 친구들! 나는 지휘차 레이 대장이야.
우리 용감한 레이소방대의 임무는 어린이들의 안전을 지키는 거야. 누구든 도움이 필요하면 레이소방대를 불러.
가장 먼저, 가장 빨리~ 쌩~ 달려갈게!

구급차 대원 앰비

펌프차 대원 펌프

고가사다리차 대원 래드

조명차 대원 비콘

내폭화학차 대원 헤이즐

소방헬리콥터 대원 헬릭스

용감한 소방차 레이 애니북 시리즈

우주 소방대 레이

반가워 헬릭스

미나의 생일파티

파이탄의 지옥훈련

모기가 무서워

위험한 알약

전기가 찌릿찌릿

스파키를 구해줘

사라진 비콘

헬릭스의 날개

은혜 갚은 어미새

건전지 괴물

우주 소방대 레이

초판 1쇄 발행 | 2019년 4월 30일
기획 | 연두세상 편집부
디자인 | 정의선 임진희
마케팅 | 김현경 이지현
펴낸이 | 심수진
펴낸곳 | ㈜연두세상

출판등록 | 제2014-000070호
주소 | 서울시 마포구 양화로 161
전화 | 02)337-7280 팩스 | 02)333-6895
URL | www.raysfirestation.com email | raysfirestation@gmail.com
인스타그램 | ray_firestation
ISBN | 979-11-87321-24-8
979-11-87321-20-0 (세트)

제작지원 | 문화체육관광부 · 한국콘텐츠진흥원

이 도서의 국립중앙도서관 출판시도서목록(CIP)은 서지정보유통지원시스템 홈페이지(http://seoji.nl.go.kr)와 국가자료공동목록시스템(www.nl.go.kr/kolisnet)에서 이용하실 수 있습니다. (CIP 제어번호 : CIP2019000362)

● 잘못된 도서는 교환해드립니다.
● 책값은 뒤표지에 있습니다.
● 연두세상은 어린이들의 마음을 가장 먼저 생각합니다.